VENTE

VAN SCHENDEL

CATALOGUE

DES

TABLEAUX

ÉTUDES ET ESQUISSES

PEINTS PAR FEU

VAN SCHENDEL

DONT LA VENTE AURA LIEU

HOTEL DROUOT, SALLE N° 8,

LE LUNDI 31 JANVIER 1881

A DEUX HEURES

COMMISSAIRE-PRISEUR	EXPERT
Me **CHARLES PILLET**	M. **GEORGES PETIT**
10, rue de la Grange-Batelière.	7, rue Saint-Georges.

Chez lesquels se trouve le présent Catalogue.

Exposition Publique : le Dimanche 30 janvier 1881.

DE UNE HEURE A CINQ HEURES ET DEMIE.

CONDITIONS DE LA VENTE

Elle sera faite au comptant.

Les adjudicataires payeront *cinq pour cent* en sus des enchères.

Paris. — Typ. PILLET et DUMOULIN, rue des Grands-Augustins, 5.

DÉSIGNATION

1 — L'Adoration des bergers.

Composition de nombreuses figures passant à juste titre comme une des plus célèbres du maître.

Haut., 4 m.; larg., 3 m.

2 — Les disciples d'Emmaüs reconnaissant le Christ après sa résurrection.

Haut., 3 m. 40 cent.; larg., 2 m. 50 cent.

3 — Le Braconnier surpris.

Tiré d'un ouvrage de Sleeck : *l'Hôte du Rosier*. Scène de famille pleine d'émotion. Personnages, gibier, accessoires, tout y est traité avec le même soin.

Haut., 68 cent.; larg., 85 cent.

4 — Marché du soir à Amsterdam.

La lune éclaire les quais du canal. A droite et à gauche sont disséminés des groupes de marchandes et de pêcheurs.

Haut., 75 cent.; larg., 1 m. 05 cent.

5 — Fuite en Egypte.

La Vierge et Saint-Joseph tenant l'enfant Jésus sont arrêtés par deux anges qui les éclairent avec des torches.

Haut., 78 cent.; larg., 88 cent.

6 — La Toilette de bal.

Un jeune femme assise devant un miroir se fait coiffer par sa femme de chambre. Autour d'elles sont disséminés des bijoux et des objets de toilette.

Haut., 1 m. 20 cent.; larg., 1 m.

7 — James Watt.

Absorbé par l'attention qu'il prête à son expérience. Il est éclairé par la lumière de la lampe et par la lueur rougeâtre du foyer.

Haut., 82 cent.; larg., 65 cent.

8 — Foire sur la grande place de Bréda.

Composition de nombreuses figures.

Haut., 1 m. 94 cent.; larg., 1 m. 10 cent.

9 — Fête de nuit à la Zoologie de Bruxelles.

La foule regarde des feux de Bengale aux couleurs verte, rouge et bleue.

Haut., 1 m. 10 cent.; larg., 95 cent.

10 — Marché du soir en Hollande.

Grisaille.

Haut., 89 cent.; larg., 73 cent.

11 — Nature morte, effet de lumière.

Haut., 77 cent.; larg., 61 cent.

12 — Un Prêtre en prière.

Intérieur.

Haut., 70 cent.; larg., 57 cent.

13 — L'Indiscrète, effet de lumière.

Composition de trois figures.

Haut., 63 cent.; larg., 47 cent.

14 — L'Indiscrète, effet de lumière.

Réduction.

Haut., 36 cent.; larg., 38 cent.

15 — Marché en Hollande, le soir.

Grisaille.

Haut., 47 cent.; larg., 46 cent.

16 — La Charité; composition de deux figures.

Haut., 92 cent.; larg., 82 cent.

17 — L'Acheteuse de volailles, effet de lune.

Haut., 47 cent.; larg., 32 cent.

18 — Une Marchande de volailles.

Grisaille.

Haut., 47 cent.; larg., 32 cent.

19 — L'Acheteuse.

Effet de lumière.

Haut., 27 cent.; larg. 32 cent.

20 — Fumeur et son enfant, effet de lumière.

Haut., 72 cent.; larg., 65 cent.

21 — Marché sur une place de Hollande.

Esquisse.

Haut., 18 cent.; larg., 22 cent.

22 — L'Admiration.

Composition de deux figures.

Haut., 71 cent.: larg., 91 cent.

23 — Boutique en plein air la nuit.

Esquisse.

Haut., 20 cent.; larg., 17 cent.

24 — Marchande de pommes la nuit.

Esquisse.

Haut., 13 cent.; larg., 10 cent.

25 — Fragment du tableau : l'Adoration des bergers.

Haut., 1 m. 12 cent.; larg., 85 cent.

26 — Steven van den Bergen apprenant qu'il est faussement accusé.

Épisode de l'histoire de Bréda.

Toile. Haut., 64 cent.; larg., 80 cent.

27 — Saint Paul et saint Antoine, ermites, effet de lumière.

Haut., 73 cent.; larg., 62 cent.

28 — La Vierge et l'Enfant Jésus.

Haut., 34 cent.; larg., 22 cent.

29 — Un prêtre en prière.

Haut., 61 cent ; larg., 50 cent.

30 — Grande marine, effet de lune.

Haut., 72 cent.; larg., 98 cent.

31 — Bords de rivière boisés, effet de lune.

32 — Bords d'un canal, effet de lune.

Haut., 45 cent.; larg., 55 cent.

33 — Paysage de Hollande, effet de lune.

Haut., 30 cent.; larg., 35 cent.

34 — Marine, effet de lune.

Haut., 20 cent.; larg., 25 cent

35 — Un marché en Hollande, la nuit

Haut., 45 cent.; larg., 56 cent

36 — Fête de nuit, effet de lumière.

Esquisse.

Haut., 23 cent.; larg., 28 cent.

37 — Petit port en Hollande, effet de soir.

Esquisse.

Haut., 13 cent.; larg., 25 cent.

38 — Maisons au bord de l'eau, effet de lune.

Haut., 50 cent.; larg., 73 cent.

39 — Tête de femme.

Haut., 44 cent.; larg., 33 cent.

40 — Jeune fille lisant.

Esquisse.

Haut., 15 cent.; larg., 12 cent.

41 — Jeune fille.

Haut., 50 cent.; larg., 37 cent.

42 — Tête de vieillard, effet de lumière.

Haut., 48 cent.; larg., 39 cent.

43 — Kermesse flamande, la nuit.

Haut , 55 cent.; larg., 72 cent.

44 — Marchande de fruits et de légumes, effet de lumière.

Haut., 39 cent.; larg., 45 cent.

45 — La Leçon de piano, effet de lumière.

Esquisse.

Haut., 32 cent.; larg., 25 cent.

46 — Le Dentiste, effet de lumière.

Esquisse.

Haut., 19 cent.; larg., 15 cent.

47 — Assuérus et son page.

Esquisse.

Haut., 13 cent.; larg., 10 cent.

48 — Tête d'Ane.

Étude.

Haut., 17 cent.; larg., 14 cent.

49 — Vieillard en prière.

Haut., 55 cent.; larg., 38 cent.

50 — Tête de jeune fille.

Haut., 16 cent.; larg., 11 cent.

51 — Fruits et légumes, effet de lumière.

Étude.

Haut., 50 cent.; larg., 40 cent.

52 — Etude de main.

Haut., 17 cent.; larg., 21 cent.

53 — Tête d'homme, effet de lumière.

Haut., 45 cent.; larg., 36 cent.

54 — Tête de femme, effet de lumière.

Haut., 36 cent.; larg., 27 cent.

55 — Incendie du château du comte de Meüs.

Esquisse.

Haut., 21 cent.: larg., 30 cent.

56 — Volailles sur une table, effet de lumière.

Haut., 16 cent.; larg., 27 cent.

57 — Assuérus, effet de lumière.

Haut., 18 cent.; larg., 26 cent.

58 — Jeune mère et son nourrisson, effet de lumière.

Haut., 33 cent.; larg., 18 cent.

59 — Saint Jérôme en méditation, effet de lumière.

Haut., 28 cent.; larg., 23 cent.

60 — Une Poissonnière de Scheveningue.

Haut., 24 cent.; larg., 18 cent.

61 — Tête de femme.

Haut., 17 cent.; larg., 11 cent.

62 — Tête de Vierge.

Haut., 18 cent.; larg., 15 cent.

63 — Tête de jeune fille, éclairée par une lumière.

Haut., 25 cent.; larg., 22 cent.

64 — Jeune femme de la Frise, effet de lumière.

Haut., 17 cent.; larg., 14 cent.

65 — Un jeune Matelot de Scheveningue, éclairé par une lumière.

Haut., 13 cent.; larg., 12 cent.

66 — Fruits et légumes, effet de lumière.

Haut., 29 cent.; larg., 39 cent.

67 — Fête de nuit à la Zoologie de Bruxelles.

Etude.

Haut., 25 cent.; larg., 35 cent.

68 — La Vierge et l'Enfant Jésus.

Étude.

Haut., 24 cent ; larg., 14 cent.

69 — Disciples d'Emmaüs.

Esquisse.

Haut., 18 cent.; larg., 14 cent.

70 — Religieuse priant devant un tombeau.

Esquisse.

Haut., 21 cent.; larg., 16 cent.

71 — L'Annonciation.

Esquisse.

Haut., 24 cent.; larg., 17 cent.

72 — Les Patineurs.

Esquisse.

Haut., 22 cent.; larg., 26 cent.

73 — Le Braconnier, effet de lumière.

Esquisse.

Haut., 17 cent.; larg., 21 cent.

74 — Deux Ermites, effet de lumière.

Esquisse.

Haut., 22 cent.; larg., 26 cent.

75 — La Repasseuse, effet de lumière.

Esquisse.

Haut., 20 cent.; larg., 17 cent.

76 — Assuérus.

Étude pour le tableau.

Haut., 18 cent.; larg., 13 cent.

77 — Marine, effet de lune.

Haut., 6 cent.; larg., 18 cent.

78 — Un Ouvrier.

Haut., 20 cent.; larg., 16 cent.

79 — Jeune mère et son enfant, effet de lune.

Esquisse.

Haut., 20 cent.; larg., 15 cent.

80 — Marine, effet de lune.

Haut., 24 cent.; larg., 28 cent.

81 — Tête d'homme.

Étude.

Haut., 44 cent.; larg., 34 cent.

82 — Panier de gibier.

Haut., 13 cent.; larg., 12 cent.

83 — Marie-Madeleine, effet de lumière.

Haut., 41 cent.; larg., 32 cent.

84 — Deux têtes de jeunes filles, effet de lumière.

Haut., 33 cent.; larg., 32 cent.

85 — Tête de femme.

Haut., 45 cent.; larg., 40 cent.

86 — Intérieur d'une église.

Étude.

Haut., 45 cent.; larg., 37 cent.

87 — L'Extase.

Deux têtes d'étude.

Haut., 71 cent.; larg., 60 cent.

88 — La Promenade, effet de lumière.

Haut., 40 cent.; larg., 30 cent.

89 — Marchande de légumes sur une place; la nuit.

Haut., 22 cent.; larg., 17 cent.

90 — Paysage boisé, effet de lune.

Haut., 12 cent.; larg., 25 cent.

91 — Paysage avec rivière, lever de lune.

Haut., 12 cent.; larg., 25 cent.

92 — Incendie au clair de lune.

Haut., 14 cent., larg. 25 cent.

93 — Lièvre.

Haut., 75 cent.; larg., 50 cent.

94 — Etude pour le tableau « la Nativité ».

Haut., 90 cent.; larg., 70 cent.

95 — Deux têtes de vieillard.

Etude.

Haut., 52 cent.; larg., 64 cent.

96 — Bateaux à voiles dans un port, effet de lune.

Haut., 16 cent.; larg., 25 cent.

97 — Tête de vieillard.

Haut., 41 cent.; larg., 36 cent.

98 — Tête de vieillard.

Haut., 40 cent.; larg., 29 cent.

99 — Tête de jeune fille.

Étude.

Haut., 35 cent.; larg., 35 cent.

100 — Marchande de légumes endormie.

Esquisse.

Haut., 17 cent.; larg., 23 cent.

101 — Les Diplomates, effet de lumière.

Esquisse.

Haut., 27 cent.; larg., 22 cent.

102 — Bords de rivière, effet de lune.

Haut., 12 cent.; larg., 16 cent.

103 — Fuite en Egypte, clair de lune.

Esquisse.

Haut., 30 cent.; larg., 24 cent.

104 — Halte pendant la fuite en Egypte.

Esquisse.

Haut., 32 cent.; larg., 25 cent.

105 — Marché, la nuit sur une place d'Anvers.

Esquisse.

Haut., 17 cent.; larg., 15 cent.

106 — La Marchande de pommes.

Esquisse.

Haut., 21 cent.; larg., 16 cent.

107 — Étalage de poissons, la nuit.

Esquisse.

Haut., 13 cent.; larg., 12 cent.

108 — Intérieur de cabaret.

Esquisse.

Haut., 18 cent.; larg., 16 cent.

109 — Marché, la nuit sur la place d'Anvers.

Esquisse

Haut., 22 cent.; larg., 31 cent.

110 — Marchande de poissons, effet de lune.

Esquisse.

Haut., 28 cent.; larg., 23 cent.

111 — Marché sur une place, la nuit.

Esquisse.

Haut., 18 cent.; larg., 16 cent.

112 — Marchande de légumes.

Haut., 20 cent.; larg., 19 cent.

113 — Incendie la nuit, effet de lune.

Haut., 18 cent.; larg., 21 cent.

www.ingramcontent.com/pod-product-compliance
Ingram Content Group UK Ltd.
Pitfield, Milton Keynes, MK11 3LW, UK
UKHW032030260826
14628UKWH00006B/2856

9 782329 458151